Chers amis
bienvenue dans

Geronimo Stilton

Texte de Geronimo Stilton.
*Basé sur une idée originale d'*Elisabetta Dami.
Coordination éditoriale de Piccolo Tao *et* Linda Kleinefeld.
Édition de Topatty Paciccia *et* Serena Bellani.
Coordination artistique de Gògo Gó.
Assistance artistique de Lara Martinelli.
Couverture de Giuseppe Ferrario *(graphisme et couleurs).*
Illustrations intérieures de Valeria Turati *(graphisme et couleurs).*
Graphisme de Michela Battaglin.
Traduction de Titi Plumederat.

Les noms, personnages et intrigues de Geronimo Stilton sont déposés. Geronimo Stilton est une marque commerciale, licence exclusive des Éditions Piemme S.P.A. Tous droits réservés.
Le droit moral de l'auteur est inaliénable.

www.geronimostilton.com

Pour l'édition originale :
© 2008, Edizioni Piemme S.p.A. – Via Galeotto del Carretto, 10 – 15033 Casale Monferrato (AL) – Italie
www.edizpiemme.it – info@edizpiemme.it
sous le titre *Lo strano caso del fantasma al Grand Hotel.*
International rights © Atlantyca S.p.A. – Via Leopardi, 8 – 20123 Milan, Italie – www.atlantyca.com
contact : foreignrights@atlantyca.it
Pour l'édition française :
© 2010, Albin Michel Jeunesse – 22, rue Huyghens, 75014 Paris – www.albin-michel.fr
Loi 49-956 du 16 juillet 1949 sur les publications destinées à la jeunesse
Dépôt légal : premier semestre 2010
N° d'édition : 18479/2
ISBN-13 : 978 2 226 19362 9
Imprimé en France par l'imprimerie Clerc à Saint-Amand-Montrond en février 2010

La reproduction totale de ce livre est absolument interdite, de même que sa diffusion dans des réseaux informatiques, sa transmission, sous quelque forme que ce soit, et par quelque moyen que ce soit – électronique, mécanique, par photocopie, enregistrement ou toute autre méthode –, sans autorisation écrite du propriétaire du copyright. Pour plus d'informations, vous pouvez vous adresser à Atlantyca S.p.A. – Via Leopardi, 8 – 20123 Milan, Italie – foreignrights@atlantyca.it – www.atlantyca.com

Stilton est le nom d'un célèbre fromage anglais. C'est une marque déposée de Stilton Cheese Maker's Association. Pour plus d'information, vous pouvez consulter le site www.stiltoncheese.com

Geronimo Stilton

PANIQUE
AU GRAND HÔTEL

ALBIN MICHEL JEUNESSE

GERONIMO STILTON
SOURIS INTELLECTUELLE,
DIRECTEUR DE *L'ÉCHO DU RONGEUR*

TÉA STILTON
SPORTIVE ET DYNAMIQUE,
ENVOYÉE SPÉCIALE DE *L'ÉCHO DU RONGEUR*

TRAQUENARD STILTON
INSUPPORTABLE ET FARCEUR,
COUSIN DE GERONIMO

BENJAMIN STILTON
TENDRE ET AFFECTUEUX,
NEVEU DE GERONIMO

Une mystérieuse…
HISTOIRE
DE FANTÔMES !

Chers amis rongeurs,
Permettez-moi de me présenter : mon nom est Stilton, *Geronimo Stilton* !
Je dirige *l'Écho du rongeur*, le journal le plus célèbre de l'île des Souris !
J'ai une nouvelle HISTOIRE à vous raconter.
Une histoire MYSTÉRIEUSE qui parle d'amitié, de traditions, de courage et même de… FANTÔMES !
Ainsi donc, tout a commencé comme cela, exactement comme cela… Ce matin-là, je prenais mon

L'ÉCHO
DU RONGEUR

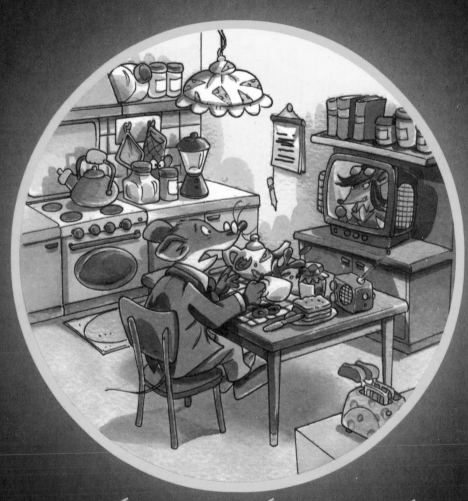

DERNIÈRE MINUTE !

DERNIÈRE MINUTE !

DERNIÈRE MINUTE !

DERNIÈRE MINUTE !

DERNIÈRE MINUTE !

DERNIÈRE MINUTE !

petit déjeuner à la cuisine. Tout en trempant mes biscuits au gorgonzola *préférés* dans une tasse de thé fumante, j'allumai la télévision pour entendre les dernières nouvelles... et j'écarquillai les yeux.

La journaliste **Psipsitt Rattazz** annonça :

– Dernière minute ! Nous nous trouvons devant le *Grand Hôtel de Sourisia* ! Tous les clients sont en train de s'enfuir après que, la nuit dernière... ils ont vu un fantôme ! Oui, vous avez bien compris, un **FANTÔME** avec des chaînes et une armure !

Je marmonnai :

– Hum, un fantôme ? **Bizarre**, trèèès **bizarre**... Les fantômes n'existent pas !

À l'arrière-plan, une foule de clients sortaient du palace en hurlant :

Tout en prenant mon petit déjeuner...

... j'allumai la télé et écarquillai les yeux...

... un fantôme au Grand Hôtel ?

– Remboursez-nous !

Je répétai :

– Bizarre, trèèès bizarre...

La journaliste interviewa le propriétaire du Grand Hôtel, **Ratonce Ratonis**.

– Monsieur le directeur, il paraît que ce fantôme bizarre hante votre hôtel depuis un mois déjà...

Le pauvre Ratonce avait les larmes aux yeux.

– Euh, je suis désolé pour mes clients... Je suis un rongeur honnête et je leur rendrai tout leur **ARGENT**, mais...

Elle le coupa :

– Que va devenir le Grand Hôtel, une des plus vieilles institutions de la ville ? Sera-t-il obligé de **FERMER** ?

J'éteignis la télévision.

Bizarre, trèèès bizarre...

J'étais attristé pour le pauvre Ratonce. Je le connaissais bien, nous étions camarades d'école et nous nous amusions à jouer dans son hôtel !

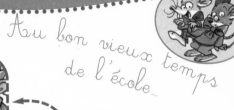

Quand nous étions petits,
nous allions souvent faire
nos devoirs chez Ratonce
avec mon ami Farfouin Scouit.

Nous jouions toujours à cache-cache
dans les interminables couloirs
du Grand Hôtel.

Puis nous goûtions
dans les immenses cuisines
de l'hôtel...

... et nous cachions les clefs
des chambres pour faire
des blagues au concierge Osvald !

QUI ? COMMENT ? OÙ ? QUAND ? POURQUOI ?

Une autre SURPRISE m'attendait en bas de chez moi : sur le paillasson, je découvris une lettre qui m'était adressée, oui, à moi, *Geronimo Stilton*.

Je l'ouvris, intrigué, et trouvai un billet ainsi rédigé :

Geronimo Stilton
8, rue du Faubourg du Rat
13131 Sourisia

Dépêche-toi d'aller au
Grand Hôtel de Sourisia,
la chambre numéro 313
a été réservée pour toi…
Monte dans la chambre et attends.
Mais ne parle de cette lettre
à personne personne personne !

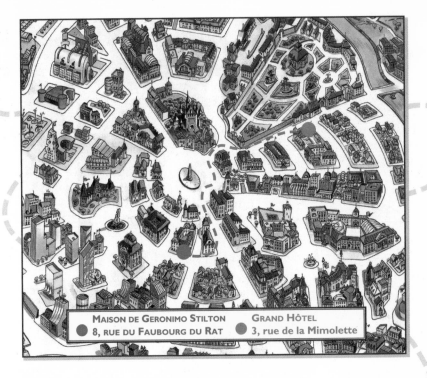

MAISON DE GERONIMO STILTON
● 8, RUE DU FAUBOURG DU RAT

GRAND HÔTEL
● 3, rue de la Mimolette

Je refermai l'enveloppe, perplexe.

Qui donc m'invitait au Grand Hôtel ?

Comment avait-il eu mon adresse ?

D'**où** venait cette mystérieuse invitation ?

Quand avait-elle été postée ?

Mais surtout… **pourquoi ?**

Bizarre, trèèès *bizarre*…

J'appelai un taxi et dis au chauffeur :

– S'il vous plaît, au Grand Hôtel, 3, rue de la Mimolette.

À notre arrivée, un *PORTIER* m'accueillit en ouvrant la portière :

– Bienvenue au *Grand Hôtel de Sourisia* !

Devant l'hôtel se trouvait une foule de rongeurs qui partaient... J'étais le seul à vouloir y entrer ! Une dame en pantoufles sortit en hurlant :

– Je ne resterai pas ici une seconde de plus !

J'entrai par la porte tournante et me retrouvai dans le *HALL*. Les derniers clients prenaient la fuite, en emportant leurs bagages...

> **PORTIER**
>
> Devant les grands hôtels, il y a toujours un portier en uniforme qui appelle les taxis et accueille les clients à leur arrivée.

> **HALL**
>
> Mot anglais (on prononce *oll*) qui signifie « salle d'entrée ». Dans les grands hôtels, c'est un endroit très spacieux et élégant, où sont situés la réception, le service des bagages, le bar.

1 - PORTE TOURNANTE
2 - BAGAGES
3 - RÉCEPTION
4 - CAISSE
5 - RÉSERVATIONS
6 - ASCENSEURS
7 - BAR

LA CHAMBRE...
313 !

Je me dirigeai vers le comptoir de la *RÉCEPTION*, où se tenait le concierge *Osvald*.

Je remarquai qu'il avait les yeux rouges, comme s'il avait pleuré.

Un client **hurla** :

– Nous voulons être remboursés, compris ? Nous ne passerons pas une nuit de plus dans cet hôtel !

Le concierge soupira :

RÉCEPTION

Ce comptoir, situé dans le hall, est la première chose que l'on voit quand on entre dans un hôtel. C'est là que l'on se fait enregistrer et que l'on reçoit les clefs de sa chambre. Quand on repart, on y demande la facture et on rend les clefs.

– Bien sûr, madame, vous avez raison, madame, je regrette, madame... Nous n'avions jamais eu de **FANTÔMES** au Grand Hôtel avant ce jour !

Je m'avançai.

– Bonjour, Osvald, comment allez-vous ? Je voudrais une chambre, je voudrais même la chambre 313, si possible !

Il me reconnut :

– Monsieur Stilton ! Quel plaisir de vous revoir !

Puis il s'exclama, **RAVI** :

– Une chambre ? Vous voulez une chambre ? Mais c'est merveilleux ! Évidemment, je peux vous donner la *SUITE* 313, l'hôtel est vide... Je vous y conduis tout de suite !

En pénétrant dans la chambre 313, j'eus l'impression de faire un bond en arrière dans le temps.

Bien des années s'étaient écoulées, mais je me souvenais de

> ### SUITE
> On appelle suite une série de chambres, un appartement composé d'une chambre à coucher, d'une salle de bains et d'un petit salon !

cette tapisserie jaune fondue, décorée avec de petits fromages dorés.

Je me souvenais du vieux lit à baldaquin !

La salle de bains n'avait pas changé non plus : spacieuse et élégante, avec des robinets de cuivre !

La seule nouveauté était le rideau de douche... décoré avec des dessins de bananes.

J'entendis une voix chantonner :

– Dansons...

Je regardai autour de moi, mais ne vis personne.

Bizarre !

Je me lavai les mains.

J'entendis de nouveau :

– Dansons dansons...

Bizarre !!

Je pris la serviette.

J'entendis encore :

– Dansons dansons dansons...

Bizarre !!!

Soudain, le rideau de la douche m'enveloppa

*Coucoucoucoucou : surprise !

comme les tentacules d'une pieuvre et m'entraîna dans une valse effrénée, en chantant à tue-tête :

Dansons dansons dansons...
Dansons rions dansons !
Tu ne veux pas danser ? Tu as peur pour tes pieds ?
Allez, danse toi aussi ! Danse toute la nuit !
Pas grave si tu danses comme un pied,
L'important c'est... de danser !

Je hurlai :

– Au secouuuuuuuuuuurs !

Une queue sortit de derrière le rideau, puis une patte, et, enfin, le museau d'un rongeur.

– Coucoucoucoucoucou !*

Je fis un bond en arrière.

– Q-qui va là ?

Je vis paraître une souris au pelage gris smog, les moustaches luisantes de brillantine. Il me fit un clin d'œil.

– Stiloni*tou*, tu as aimé la *'tite* blague ?

C'est alors seulement que je le reconnus.

C'était **FARFOUIN SCOUIT** !

Il se passe de drôles de choses au Grand Hôtel !

Débouche-toi bien les enceintes acoustiques : écoute bien.

Farfouin m'expliqua :

– Il se passe de drôles de choses, de très très drôles de choses au Grand Hôtel, Stilton*itou* ! *Débouche-toi bien les enceintes acoustiques* :* tu sais mieux que moi que les FANTÔMES n'existent pas... Dans ce cas, qui, depuis un mois, terrorise les clients de l'hôtel ?

Puis il baissa la voix :

– Il faut que tu m'aides à enquêter !

Je soupirai :

– Farfouin, tu sais que je suis un gars, *ou plutôt un rat*, très occupé. J'ai un nouveau livre à ÉCRIRE et...

Il insista :

– Stilton*itou*, je t'en prie, si tu ne veux pas le faire

pour moi, fais-le au moins pour notre ville ! Le *Grand Hôtel* est une institution de Sourisia... et les institutions sont précieuses, n'est-ce pas ? Pense aussi à tous ces rongeurs qui travaillent au *Grand Hôtel*, tu ne voudrais tout de même pas qu'ils perdent leur emploi ! En plus, nous ne pouvons pas ne pas aider notre vieil ami Ratonce !

Puis il s'ÉCLAIRA :

– J'ai une *'tite idée géniale* ! Allons vite le voir ! Lui, il saura te convaincre !

Avant même que j'aie eu le temps de protester, il m'entraînait vers le bureau de Ratonce Ratonis.

25

UNE GRANDE HISTOIRE D'AMOUR !

Nous trouvâmes Ratonce en pleurs.

– *Par mille hôtels deshôtellisés*, que vais-je faire ?
Je vais être obligé de vendre ! Cet hôtel appartient
à ma famille depuis des générations. *AH,
QUELLE TRAGÉDIE !*

Farfouin le consola :

– Allez, Ratonc*inou*, prends ce *'tit* mouchoir...

Stiltoni*tou* et moi, nous allons t'aider, ne te fais pas de *'tit* souci !

L'autre s'illumina.

– Oh, vous allez vraiment m'aider ?

Je SOUPIRAI. Je suis un gars, *ou plutôt un rat*, très occupé... Mais je ne refuse jamais mon aide à un ami en difficulté !

Je sortis mon bloc-notes de ma poche.

– Raconte-moi tout, en commençant par le début...

Ratonce m'INDIQUA un tableau derrière son bureau qui représentait un rongeur avec de **grosses moustaches frisées** et une rongeuse élégante et *souriante*.

ÉVARISTE ET ARABELLE RATONIS

– Tu te souviens, Geronimo ? Voici mes arrière-grands-parents : **Évariste** et **Arabelle Ratonis**. Ce sont eux, qui, il y a des années de cela, ont fondé le Grand Hôtel

de Sourisia. Ils vécurent une grande *Histoire d'Amour* : ils s'adoraient ! Dans sa jeunesse, mon arrière-grand-père était **MAÇON**, et mon arrière-grand-mère cuisinière.

ÉVARISTE AU TRAVAIL

Ils étaient pauvres mais pleins d'enthousiasme... Évariste décida de construire un petit hôtel, brique après brique. Les clients venaient de plus en plus nombreux pour DÉGUSTER les succulents petits plats que préparait Arabelle. Mes arrière-grands-parents aimaient rendre les voyageurs heureux, en les accueillant avec un repas CHAUD, un lit confortable et le sourire ! Avec les années, la pension s'agrandit et devint le plus célèbre hôtel de

ARABELLE EN CUISINE

notre ville, et même de toute l'île des Souris !
Mais voilà que ce FANTÔME va me RUINER !
Je vais être obligé de vendre à ce rongeur...
Je tendis l'oreille.

– *Quelqu'un* t'a proposé de vendre ? **Qui ?**

– Un rat d'affaires très mystérieux, *Buzzo
Bonzer*. Depuis *un mois*, il propose de me
racheter l'hôtel à un prix DÉRISOIRE.

LE GRAND HÔTEL À L'ÉPOQUE DES
ARRIÈRE-GRANDS-PARENTS DE RATONCE

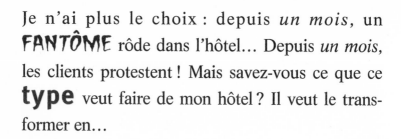

Je n'ai plus le choix : depuis *un mois*, un **FANTÔME** rôde dans l'hôtel… Depuis *un mois*, les clients protestent ! Mais savez-vous ce que ce **type** veut faire de mon hôtel ? Il veut le transformer en…

Farfouin était indigné.

– Quoi ? Une *'tite* usine de cabinets ? Jamais ! Il faudra d'abord qu'il passe sur mon *'tit* corps ! Tu es d'accord, n'est-ce pas, Stilton*itou* ?

Je ne répondis rien. Quelques mots résonnaient dans mon esprit : depuis *un mois,* une **MYSTÉRIEUSE SOURIS** proposait à Ratonce de racheter l'hôtel... Depuis *un mois,* un fantôme rôdait dans l'hôtel... Depuis *un mois,* les clients protestaient !

Un mois ?

Un mois ?

Un mois ?

LES MILLE ET UN SECRETS DU GRAND HÔTEL

Je demandai à Ratonce :

– Montre-nous *où, comment* et *quand* est apparu le fantôme !

Il prit un trousseau de ⎡CLEFS⎦.

– Je vais vous faire visiter l'hôtel !

Puis il expliqua :

– La première fois qu'on a vu ce fantôme, c'était il

y a *un mois*. Les premiers à se plaindre ont été des clients habitués de l'hôtel, le comte et la comtesse **Von Ratis**. Ils rentraient dans leur chambre après une réception chez la comtesse

Le comte et la comtesse **Von Ratis**

Snobia de Snobis Snobinailles* quand ils tombèrent museau à museau avec le fantôme !

Farfouin s'exclama :

— Par mille bananettes !

Notre *'tit* fantôme ne recule vraiment devant personne !

Ratonce sourit et poursuivit :

– Puis il a épouvanté toute la famille Sourielle. Les pauvres, Osvald les a vus arriver à la réception en courant, le regard terrorisé. Quelques jours plus tard, deux pauvres **petits**

La famille Sourielle

vieux l'ont croisé en sortant de l'ascenseur et…

Pendant que Ratonce continuait de parler, nous visitâmes le *Grand Hôtel* des souterrains au grenier. Cet hôtel était gigantesque !

---

* J'ai connu la comtesse Snobia dans mon aventure *Un vrai gentilrat ne pue pas !*

QUI L'A VU ?

Ratonce annonça :

– Je vais vous présenter tous les rongeurs et toutes les rongeuses qui travaillent au *Grand Hôtel.* Euh, je voulais dire, je vais vous présenter les quelques rongeurs qui sont restés... Les autres ont eu **peur** et sont partis !

Osvald Ratald

À l'entrée de l'hôtel, nous rencontrâmes *Osvald Ratald*, le concierge.

Il sanglota :

– Quel dommage de perdre une institution aussi précieuse, monsieur Geronimo. Le Grand Hôtel est le cœur de notre ville... Vous vous souvenez, monsieur Geronimo ? Vous vous souvenez ?

Je le rassurai :

– Nous allons faire tout notre possible pour aider Ratonce. Mais dites-moi, avez-vous vu le **FANTÔME** ?

Il secoua la tête :

– Non, il n'est jamais venu ici. Mais de nombreux clients m'ont dit qu'ils l'avaient vu : il *brille* dans le noir !

Je notai dans mon carnet : *il brille dans le noir.*

Puis nous allâmes trouver la femme de chambre, **Savonnette Plumeau**.

Mais où était-elle ?

Nous entendîmes quelqu'un sangloter dans un cagibi à balais. C'était elle !

Je lui fis le *baisepatte* (je suis un vrai gentilrat, je fais toujours le baisepatte aux dames !).

Savonnette Plumeau

– Bonjour, mademoiselle **Savonnette**. Pourquoi pleurez-vous ?

Elle balbutia :

– Je ne veux pas perdre mon travail…

Farfouin commença à l'interroger :

– Ne vous inquiétez pas, Savonnett*ine*, nous sommes là ! Dites-moi, où avez-vous vu le *'tit* fantôme ? Quand ? Et que faisait-il ?

Elle sanglota :

– Je l'ai vu descendre l'escalier… snif… il a fait fuir tous les clients !

Puis elle hurla :

– Tenez ! Encore une **TOILE D'ARAIGNÉE** ! Depuis que le fantôme est là, j'en trouve partout, et pourtant je fais la poussière tous les jours. Je fais bien mon travail, dites-le à **Ratonce** ! Ce n'est pas ma faute si les clients s'enfuient !

– Ne vous inquiétez pas, chère Savonnett*ine*, nous allons nous occuper de *sauver* ce *'tit* hôtel ! lui répondit Farfouin.

Je notai dans mon carnet : *toiles d'araignée.*
Puis nous allâmes trouver le cuisinier de l'hôtel,
Gratiné Grosbeignet.
Nous le trouvâmes aux cuisines, assis devant ses
fourneaux.
– Quel malheur ! Qui aurait jamais cru que le
Grand Hôtel fermerait après tant d'années !
Je lui demandai :
– Avez-vous vu le **FANTÔME** ?

Gratiné Grosbeignet

– Oui, chaque fois qu'un client le voyait, il venait faire un tour à la cuisine. Il était grand et gras, il portait une armure, des chaînes et…

– Avez-vous remarqué quelque chose d'anormal ?

Le cuisinier se lissa les moustaches, songeur.

– Hum, plus d'une chose. Depuis *un mois*, tous les clients se plaignent de trouver des cheveux blancs dans la soupe… Or, aux cuisines, personne n'a les cheveux blancs ! Et puis je n'arrête pas de trouver des emballages de chocolat par terre… Or, aux cuisines, personne ne mange de chocolat !

Je notai dans mon carnet : *grand, gras, armure, chaînes, cheveux blancs, emballages de chocolat.*

Nous quittâmes Gratiné et descendîmes dans les souterrains de l'hôtel, à la recherche de l'électricien, *ÉLECTRIC COURJU*.

Nous le trouvâmes en train de changer une ampoule.

Farfouin et moi nous présentâmes, et il fut heureux d'apprendre que quelqu'un s'occupait du *Grand Hôtel de Sourisia* !

Je lui demandai :

– Avez-vous remarqué quelque chose de bizarré depuis que le FANTÔME a fait son apparition ?

Il acquiesça :

– Oui, il y a quelque chose que je ne comprends pas. Depuis l'apparition du fantôme, on entend une drôle de musique, du violon... Pourtant, il n'y a pas de chaîne stéréo dans le coin !

Je notai dans mon carnet : *musique de violon.*

Farfouin lui fit un clin d'œil.

– C'est vraiment un *'tit* malin, notre fantôm*itou*... mais nous allons le *dénigaudiser** !

Nous devions à présent chercher VALISARD MUSCULARD, le bagagiste. Comme il n'y avait plus de clients, personne ne savait où il était passé ! Nous décidâmes de retourner voir le concierge Osvald et c'est là que nous trouvâmes Valisard. Son visage S'ILLUMINA.

– Vous avez une valise à porter, monsieur ?

Je lui souris :

– Non, merci, je veux seulement vous poser une question. Avez-vous vu le FANTÔME ?

Il recommença à tripoter tristement un bout de plastique.

– Je ne sais pas si je peux vraiment dire que je l'ai vu... Un soir, j'ai trouvé cet anneau de plastique PHOSPHORESCENT. Quand je l'ai ramassé, j'ai entrevu une ombre lumineuse qui s'éloignait...

VALISARD MUSCULARD

Je notai dans mon carnet : *anneau de plastique phosphorescent, ombre lumineuse.*

Nous nous rendîmes enfin dans le bureau de l'administratrice du Grand Hôtel, mademoiselle Bineza !

Nous pénétrâmes dans une pièce très élégante, où flottait un parfum très coûteux que je connaissais bien, car c'était celui de Sally Rasmaussen, la directrice de *la Gazette du rat*... et mon ennemie numéro un !

La pièce était pleine d'objets raffinés : coussins de soie brodée, bibelots anciens, tableaux de peintres célèbres.

Bineza se tenait debout devant son bureau. Elle était grande et un peu GRASSE, mais elle portait un tailleur noir très seyant.

Elle avait également beaucoup de bijoux !

Bineza nous regarda en soupirant :

Bineza

– Oh, je suis tellement désolée que le Grand Hôtel doive fermer.

Puis je l'entendis murmurer :

– Mais toutes les traditions ont une fin. Rien ne dure toujours !

Je lui demandai :

– Et qu'allez-vous faire après la fermeture du Grand Hôtel, mademoiselle Bineza ?

Elle RICANA :

– Ah, un manager de ma classe ne reste jamais longtemps sans travail. On m'a déjà proposé un poste de directrice à *l'usine de cabin...* euh, je voulais dire que je trouverai certainement un autre emploi. Avec mon expérience, JE N'AURAI PAS DE PROBLÈMES ! Mais, à présent, excusez-moi, je dois vraiment retourner au travail, il y a tant à faire ces jours-ci !

Quand nous sortîmes de son bureau, nous allâmes chercher **Ratonce** pour lui raconter tout ce que nous avions réussi à apprendre de ses collaborateurs.

Nous le trouvâmes dans **L'ASCENSEUR** et nous retournâmes tous ensemble dans la chambre 313.

Farfouin inséra la clef dans la porte et commenta :

– Hum, écouter tous ces *'tits* rongeurs a été un *petit peu* intéressant... Maintenant, nous devons tirer nos propres *'tites* conclusions...

UNE 'TITE IDÉE...
GÉNIALE !

*Souriscule : *souris minuscule.

Soudain, Farfouin hurla :

– J'ai une *'tite idée géniale* ! Nous allons passer la nuit ici ! Tout seuls ! Et nous prendrons cette *souriscule** en flagrant délit ! Tu es content, Stilton*itou* ?

J'essayai de le faire changer d'avis.

– Euh, **dormir** ici cette nuit ? Tout seuls ? Pour prendre le fantôme en flagrant délit ? Et si c'est *lui* qui *nous* surprend ?

LE FANTÔME ?

Ratonce proposa :
– Il serait peut-être plus sûr que je reste, moi aussi.
Farfouin répliqua, héroïque :
– Nous n'avons pas PEUR ! Pas vrai, Stilton*itou*,
que tu n'as pas peur ?
Je balbutiai :
– N-noooon, je n'ai pas p-peur, mais si Ratonce
insiste...
Mais Farfouin le mettait déjà à la porte.
– Allez, laisse-nous travailler, maintenant ! Mais
avant toute chose, je voudrais :
- 1 tonne de bananettes !
- 1 superfondue à la bananette !
- 3 tartes à la bananette !
- 5 kilos de glace à la bananette !
- 8 kilos de bananettes confites !
- 10 bocaux de confiture de bananettes !
- 20 petites pizzas à la bananette !
- 30 litres de milk-shake de bananette !
- 315 gâteaux à la bananette !
- 999 chocolats à la bananette !

» Miam, les aventur*ettes* m'ouvrent l'appétit, et mon *'tit* cerveau fonctionne mieux quand j'ai le *'tit* estomac plein... Ah, mettons *deux* tonnes de banan*ettes*, ou plutôt *trois*, on ne sait jamais ! La **nuit** sera longue, pendant que Stilton*itou* et moi nous attendrons que le fantôm*itou* descende l'escalier en hurlant « Ouuuuuuuuhhhhh »...

Je frissonnai.

– Ah, le fantôme hurle ?

Il ricana :

– Je ne sais pas s'il hurle, mais ça sonne bien, tu devrais voir comme tu es devenu tout pâle, Stilton*itou*...

Je criai :

– Tu parles, si je suis pâle, j'ai une frousse féline ! Je n'en peux plus, c'est tout ! Je m'en vais !

Ratonce me supplia :

– Je t'en supplie, Geronimo, reste ! Si vous ne résolvez pas cette mystérieuse affaire, je suis RUINÉ !

C'est alors que les garçons d'étage entrèrent avec toutes les victuailles qu'avait commandées FARFOUIN.

Il les chassa comme si c'étaient des poules.

– Allez, pssit, pssit, tout le monde dehors, mainte-nant, laissez-moi travailler !

Puis il accrocha un écriteau à la porte :

UNE NUIT DE CAUCHEEEMAAAAAR...

Quand Ratonce fut parti à son tour, Farfouin alluma deux bougies, éteignit les lumières électriques et chuchota :

– Et maintenant, attendons.

Je chuchotai :

– Attendons quoi ?

Il chuchota :

– Attendons que le fantôme se montre !

Je chuchotai, plein d'espoir :

– Ehm, il ne viendra peut-être pas...

Il chuchota :

– Noooooon, je suis sûr qu'il se montrera.

Je chuchotai :

– Pourquoi as-tu allumé les bougies plutôt que la lumière électrique ?

Il chuchota :

– Les bougies ajoutent un peu de mystère, tu aimes bien les mystères, Stilton*itou* ?

Je chuchotai :

– Non, je n'aime pas les mystères ! Je suis un gars, *ou plutôt un rat*, froussard ! Mais excuse-moi, pourquoi chuchotons-nous ?

Il chuchota d'une voix d'outre-tombe :

– Paaaarce queeee dans leeeees endroooooits où il y aaaaaaa des faaaaantômeeeees ooon ne paaaarle jaaaamaaaais à haaauuute vooooooiiiiiix...

Je hurlai :

– Je n'en peux plus, c'est tout !

Il ricana :

– Comme tu es nerveux, Stilton*itou* !

C'est alors que la porte s'ouvrit...

Je poussai un hurlement de terreur :

– Aaaaaaaghhhh !

LE FANTÔMEEEEEEEEEEEEEEEEEEEEEEEEEEEE !

Mais ce n'était que Ratonce.

– Excusez-moi, mes amis, je ne voulais pas vous **EFFRAYER** ! Je voulais seulement vous prévenir que le téléphone est en dérangement.

Je balbutiai :

– Ehm… je… enfin… vraiment… je m'**ENTRAÎNAIS** pour le moment où le fantôme apparaîtra et…

Farfouin rit :

– Hi hi hi ! Tu t'entraînais… à avoir peur, Stiloni*tou* !

Ratonce repartit.

– Bonne nuit, les amis !

Je soupirai :

– Tu parles, bonne nuit, c'est une nuit de cauchemar qui m'attend ! *Garantie au fromage !*

JE SUIIIIS LE FANTÔÔÔÔÔME...

Farfouin se jeta sur le lit, S'ENFONÇANT dans les oreillers de plumes.

Puis, du bout de la queue, il ouvrit le minibar et prit un JUS D'ORANGE, tandis que, d'une patte, il goûtait un chocolat au fromage... et que, du pied, il allumait la TÉLÉ !

– Stilton*itou*, il faut voir le bon côté de la situation ! Nous nous trouvons (*gratuitement*) dans le plus beau *'tit* hôtel de Sourisia... dans des *'tits* draps de *soie* et des *'tits* oreillers de plumes... avec un minibar rempli de *'tites* boissons... avec toutes les chaînes télé possibles et imaginables... et ma CONSOLE DE JEUX préférée ! *C'est chouquette !**

Je frissonnai.

– Mais le FANTÔME est également inclus dans le service...

Il soupira :

– Pfff... le fantôm*itou*... tu crois que ça impressionne un DÉTECTIVE au poil comme moi ?

Je me baissai pour prendre une bouteille d'eau dans le réfrigérateur, mais *quelqu'un* me **souffla** dans une oreille :

AU SECOUUURS !

– Je suiiiiiis le faaan-tôôôôme...

Je **sursautai** :

*C'est chouquette ! : c'est chouette !

– Qui a parlé ? Au secooours !

C'était Farfouin.

– Tu es vraiment un *'tit* nigaud, Stilton*itou* ! Tu as peur pour rien du tout !

Je hurlai :

– Je n'en peux plus, c'est tout !

J'allai dans la salle de bains, mais dès que j'entrai, les lumières s'éteignirent et *quelqu'un* hurla :

– Jeee suiiiiis le faaantôôôme...

Je hurlai, la voix tremblante :

AU S-S-SECOUUURS !

– Q-qui c'est ? Au-au se-secouuurs !

C'était encore Farfouin, qui se roula par terre en se tenant le ventre tellement il riait.

– Ha ha ha, si tu te voyais, Stilton*itou* ! tu es pâle comme un *'tit* camembert ! Tu as les moustaches qui tremblent de frousse !

Moi, exaspéré, je sortis sur le balcon pour prendre l'air. Mais le rideau s'agita, tandis que *quelqu'un* HURLAIT :

– Houuuu, tu croyaiiiis m'échappeeeer ?

Je hurlai, terrorisé :

– Au s-s-secouuurs !

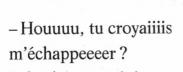

AU S-S-SECOUUURS !

C'était encore Farfouin, qui ricana :

– Tu ne sais même pas distinguer un rideau d'un fantôm*itou* ?

Bah, c'est trop facile de te faire des farç*ounettes* !

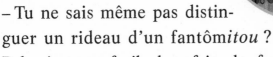

Mais c'est à ce moment-là que les lumières s'éteignirent !

Je hurlai :

– Ça suffit avec les farces, Farfouin. Rallume tout de suite la lumière.

Il balbutia :

– M-mais ce n'est pas moi qui l'ai éteinte !

– Farfouin, ça suffit, les farces !

– J-je te dis que ce n'est pas moi qui ai éteint la lumière !

Mon sang se **GLAÇA** dans mes veines.

– Mais, alors, si ce n'est pas toi qui l'as éteinte, qui est-ce ?

MAIS ALORS...
QUI EST-CE ?

MAIS ALORS...
QUI EST-CE ?

MAIS ALORS...
QUI EST-CE ?

MAIS ALORS...
QUI EST-CE ?

MAIS ALORS...
QUI EST-CE ?

MAIS ALORS...
QUI EST-CE ?

MAIS ALORS...
QUI EST-CE ?

MAIS ALORS...
QUI EST-CE ?

MAIS ALORS...
QUI EST-CE ?

MAIS ALORS...
QUI EST-CE ?

MAIS ALORS...
QUI EST-CE ?

MAIS ALORS...
QUI EST-CE ?

D'APRÈS TOI,
C'ÉTAIT UN FANTÔME ?

Quelqu'un tourna la clef dans la serrure et la porte s'ouvrit.

Une voix hurla :

– *C'eeeest mooooiiiiii…* **LE FAAANTÔÔÔÔME !**

Farfouin et moi, terrorisés, nous écriâmes en chœur :

Au SEcOOOOOOOOOOOOuuuuuuuuuuuuuurs !

– Au SEcOOOOOOOOOOOOuuuuuuuuuuuuuurs !

Dans l'obscurité, nous découvrîmes une silhouette lumineuse, qui portait une lourde **armure** couverte de **TOILES D'ARAIGNÉE**.

Du casque s'échappaient d'épais CHEVEUX BLANCS, qui ondoyaient.

Le fantôme traînait derrière lui de longues **CHAÎNES**... mais qui ne faisaient aucun bruit !
J'entendis un air de violon, qui semblait venir de loin... une musique à vous hérisser le poil !
Le fantôme agita ses chaînes en hurlant :
– AAALLEEEEEZ-VOOOOOOUUUUUUS-EN, PAAAAAARTEEEEEEZ TOOOOOUUUUUS ! IIIIICIIIIII C'EEEEEEST MOOOOON HÔÔÔÔÔÔTEEEEEEEL, AAALLEEEEEZ-VOOOOOOUUUUUUS-EN !
Il referma la porte avec un éclat de rire lugubre et s'en alla.
Je rallumai la lumière et poussai un soupir *profooooooo*
J'appelai :
– Farfouin ! Farfouiiiiiiiiiin !
Une petite voix murmura sous la table :
– Ehm, je suis là, Stiltoni*tou* !
Blême, il sortit de sa cachette et, les tremblantes, éplucha une banane.

– Je mange une banan*ette* pour me donner des forces. Qu'en penses-tu, Stilton*itou* ? D'après toi, c'était le **FANTÔMITOU** ?
Je murmurai :
– J'ai bien cru que mes moustaches allaient tomber tellement j'avais *PEUR*...
Farfouin balbutia :
– Eh oui, en effet... ça faisait vraiment peur... moi aussi, j'ai eu peur... Excuse-moi si, tout à l'heure, je me suis moqué de toiiiiiiiiiiiiiiii.

Je lui donnai une tape sur l'épaule.
– Ne t'inquiète pas ! Ça peut arriver à tout le monde d'éprouver de la peur : ce qui compte, c'est de savoir la surmonter !
Puis je lui dis ce que me répétaient toujours tante Toupie et grand-père Honoré...

N'AIE PAS PEUR DU NOIR !

L'obscurité fait partie de la nature des choses : s'il n'y avait pas la nuit, il n'y aurait pas le jour, s'il n'y avait pas l'obscurité, nous ne pourrions pas voir les feux d'artifice, les films au cinéma, les étoiles qui brillent dans le ciel ! C'est si beau, de souffler dans l'obscurité les bougies du gâteau d'anniversaire !

SI TU AIMES L'AVENTURE...

N'AIE PAS PEUR !

N'AIE PAS PEUR !

N'AIE PAS PEUR DES TERREURS

Quand quelqu'un est brutal avec toi, essaie de garder ton calme et ne pense pas que tu es plus faible que lui. Parle-lui tranquillement et montre que tu es sûr de toi, tu verras qu'il cessera de te maltraiter !

N'AIE PAS PEUR DES FANTÔMES !

Les fantômes n'existent pas. Si tu vois quelque chose de bizarre, garde ton calme, respire profondément et regarde bien :
il y a un truc...
même si tu ne
le vois pas !

N'AIE PAS PEUR D'ÊTRE CE QUE TU ES !

N'aie jamais honte de tes sentiments ! Si quelque chose te fait peur, parles-en avec tes parents, avec la maîtresse, ou bien avec tes amis. Il est beaucoup plus facile d'être courageux à plusieurs !

SI TU AIMES L'AVENTURE... N'AIE PAS PEUR !

Farfouin répéta les paroles de tante Toupie :
– *Si tu aimes l'aventure... n'aie pas peur !*
Waouh, ta tant*ounette* est vraiment intelligente !
Il jeta sa **PEAU DE BANANE** et s'écria :
– Si tu aimes l'aventure... n'aie pas peur ! Je n'ai pas
peur du fantôme (ehm, les fantôm*itous* n'existent
pas) et je n'ai pas non plus peur du NOIR ! Surtout

parce que je ne suis pas seul… J'ai un ami avec moi. Et il est plus facile d'être courageux quand on est plusieurs !

Puis il s'élança vers la porte, en brandissant une lampe torche.

– Suis-moi, Stilton*itou*, allons démasquer ce 'tit malin qui se cache sous une 'tite armure ! Je vais lui faire passer l'envie de se promener la nuit en secouant ses 'tites chaînes pour effrayer les clients de ce 'tit hôtel !

Nous sortîmes de la chambre et COURÛMES le long du couloir obscur.

QUELQU'UN EST PASSÉ PAR LÀ… ET CE N'ÉTAIT PAS UN FANTÔME !

Dans le lointain, nous entendîmes *quelque chose* qui claquait.

Bizarre… Il n'y avait pas de porte au bout du couloir !

Nous inspectâmes les murs à la recherche de quelques PASSAGES SECRETS… Mais nous ne trouvâmes aucune porte !

Je murmurai, en frissonnant :

– Où peut bien être passé le fantôme ? Il a disparu… comme s'il avait traversé le mur !

Puis je me répétai pour me donner du courage :

– Les FANTÔMES n'existent pas… Les FANTÔMES n'existent pas… Les FANTÔMES n'existent pas !

Et je continuai à rechercher des indices.

Soudain, Farfouin m'appela :

– Eh, Stilton*itou*, j'ai trouvé un *'tit* indice !

Il me montra une GRILLE d'aération légèrement tordue… Il manquait même une vis, comme si quelqu'un l'avait remise en place trop rapidement !

Farfouin marmonna :

– *Quelqu'un* est passé par là. Et ce n'était pas un FANTÔME… Non non non !

Nous ouvrîmes la grille d'aération.

À l'intérieur, nous découvrîmes… **des empreintes lumineuses** qui brillaient dans le noir !!!

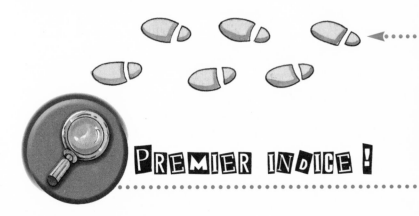

PREMIER INDICE !

Bizarre ! D'habitude, on ne trouve pas d'empreintes dans les conduits d'aération... et surtout pas des empreintes qui brillent !

Puis je me rappelai qu'*Osvald Ratald* nous avait raconté que de nombreux clients avaient vu le fantôme briller dans l'obscurité...

Soudain, je compris : c'étaient des traces de peinture **PHOSPHORESCENTE** !

Farfouin s'exclama :

– Suivons les empreintes !

Nous nous glissâmes dans le conduit d'aération : il était tellement bas que nous devions avancer courbés. Farfouin me bouscula et je me cognai la tête.

Il ricana :

– Attention, Stilton*itou* ! Je ne voudrais pas que tu fendes ton *'tit* crâne !

Je criai :

– Je l'ai peut-être déjà fendu... Je n'en peux plus, c'est tout !

Il me pinça la queue.

– Je te trouve un tout *petit* peu nerveux ! Calme-toi !

Mais, au même moment, je notai un détail bizarre : le conduit d'aération était plein de **TOILES D'ARAIGNÉE** !

DEUXIÈME INDICE !

Bizarre ! Dans un conduit d'aération, il ne devrait pas y avoir de toiles d'araignée !
Puis je me souvins que **Savonnette Plumeau** nous avait dit que, depuis que ce fantôme avait fait son apparition dans l'hôtel, elle ne cessait de trouver des toiles d'araignée…
Enfin, nous sortîmes du conduit d'aération et nous nous retrouvâmes dans la cuisine !

Par terre, nous découvrîmes des

eMBALLAGES DE CHOCOLAT.

TROISIÈME INDICE !

Bizarre ! Les fantômes ne mangent pas de chocolat et, surtout, ils ne sont pas gourmands !
Puis je me souvins que Gratiné Grosbeignet ne cessait de trouver des papiers de chocolat dans les cuisines…
Nous suivîmes les empreintes jusqu'à une porte. Nous l'ouvrîmes… elle donnait sur un escalier !
Nous commençâmes à monter, en suivant toujours les empreintes, jusqu'à ce que nous nous retrouvions devant une petite porte, qui me rappelait quelque chose.

Mais bien sûr, c'était… la porte du grenier !
Farfouin et moi échangeâmes un regard, puis ouvrîmes la porte.

L'OBSCURITÉ régnait dans le grenier, où flottait une odeur de MOISI, de poussière et de vieux objets oubliés. Au fond se dressait un vieux lit à baldaquin, avec des rideaux rongés par les mites. Dans un coin, un tas d'objets qui n'intéressaient plus personne : des tableaux aux cadres ébréchés, des lampes démodées, de vieux oreillers dont l'enveloppe était déchirée…

Je regardai autour de moi : personne !

Je tendis une patte sous le lit pour vérifier qu'il n'y avait personne non plus là-dessous.

Ma patte toucha *quelque chose* de poilu… et de frisé…

Je poussai un cri :

– AAAAAAAAAAAAAAAGHHH !
UN CHAT !!!

J'allais m'évanouir de frousse, mais Farfouin ricana :
– Tu parles d'un chat, ce n'est qu'une perruque blanche !

QUATRIÈME INDICE !

Bizarre ! Personne n'avait jamais porté de perruque au Grand Hôtel !

Puis je me souvins que de nombreux clients se plaignaient auprès de Gratiné Grosbeignet parce qu'ils trouvaient des cheveux blancs dans la soupe...

Je pris mon courage à deux pattes et continuai d'EXPLORER le grenier avec Farfouin.

J'ouvris une armoire et trouvai une **armure** !

CINQUIÈME INDICE !

Bizarre... Je n'avais jamais vu d'armure dans les couloirs du Grand Hôtel !

Puis je me souvins que le **FANTÔME** que nous avions aperçu portait une armure...

Au même moment, des **CHAÎNES** qui étaient rangées au-dessus de l'armoire me tombèrent sur la tête !

SIXIÈME INDICE !

Bizarre ! Cela ne m'avait pas fait mal...
parce qu'elles étaient en plastique !

Puis je me souvins que **VALISARD MUSCULARD** avait trouvé un anneau de
plastique...

Dans le grenier, nous trouvâmes une autre grille
d'aération ouverte. Farfouin y jeta un coup d'œil
et découvrit une radio portable.

Je pressai un bouton et, soudain, nous entendîmes
un lugubre air de violon !

SEPTIÈME INDICE !

Bizarre ! Il n'y avait jamais eu de chaîne stéréo au Grand Hôtel ! Puis je me souvins qu'*ÉLECTRIC COURJU* avait dit qu'il avait entendu une drôle de musique…

Farfouin résuma :

– Des toiles d'araignée… des chocolats… une perruque blanche… une armure… des chaînes… de la musique… nous avons tout trouvé ! Sauf la peinture **PHOSPHORESCENTE**…

Je m'exclamai :

– Si, je viens de la trouver !

J'avais mis le pied dans un pot de peinture qui brillait dans l'obscurité.

Farfouin conclut :

– Il n'y a jamais eu de fantôm*itou* ici. C'est un *'tit* malin qui s'amuse à se **déguiser** en fantôm*itou* !

Je suggérai :

– Je sais qui pourrait nous donner des informations utiles à ce sujet…

ON AURAIT UN 'TIT PEU BESOIN D'AIDE...

Nous nous rendîmes au magasin « Au Rat Farceur », 11, rue Lesterat.

Le propriétaire, BATIFOL BEIGNET, était un ami de mon cousin Traquenard.

Batifol m'accueillit :

– Salut, Geronimo ! Comment va ?

– Très bien, merci. J'aurais besoin...

Mais je n'eus pas le temps de finir ma phrase, car je sentis quelque chose de **poilu** dans mon cou...

Je hurlai :

– *Au secouuuuuuurs ! Une araignée !*

Puis je m'aperçus que c'était seulement une *farce* de caoutchouc et je marmonnai :

– Très drôle, vraiment très drôle. Maintenant, parlons de choses importan...

Mais je sentis sous ma patte quelque chose de
VISQUEUX...

Je hurlai :

– *Au secouuuuuuurs ! Un serpent !*

Puis je compris que ce n'était rien d'autre
qu'une *farce* de caoutchouc !

Pendant que Batifol et Farfouin riaient, j'essayai
de poursuivre :

– Je voudrais te demand…

Mais un **crâne** posé sur une étagère
s'illumina et claqua des dents en hurlant :

– Salut, nigaud !

Je hurlai :

– **AU SECOUUUUUUURS !** Un crâne qui parle !

Puis je compris que ce n'était rien d'autre qu'une
farce de caoutchouc, éclairée par une petite
ampoule et avec un haut-parleur incorporé.

Je m'écriai, exaspéré :

– Je n'en peux plus, c'est tout ! Mettons-nous au
travail : si ça continue comme ça, nous ne résoudrons

jamais l'étrange affaire du fantôme du *Grand Hôtel* !

Batifol recouvra son sérieux :

– Un **FANTÔME** au Grand Hôtel ? Je connais le propriétaire de l'hôtel, **Ratonce Ratonis**. Je suis désolé qu'il ait des problèmes. Et j'aime beaucoup le Grand Hôtel, c'est une des *institutions* de notre ville. Vous pouvez me demander tout ce que vous voulez !

Farfouin commença à l'interroger :

– Nous avons un *'tit* peu besoin d'aide !

Quelqu'un a-t-il récemment acheté :

1. un pot de peinture phosphorescente ?

2. de fausses toiles d'araignée ?

3. des chocolats ?

4. une perruque blanche ?

5. une fausse armure ?

6. des chaînes de plastique ?

7. un CD de musique de violon ?

Batifol vérifia dans ses registres, puis répondit, **pensif** :

– Oui, il y a un rongeur qui a acheté tout cela... Tout, sauf les chocolats. Ici, c'est un magasin de *farces et attrapes*, pas une **pâtisserie** !

Farfouin demanda :

– Et c'était un gars, *ou plutôt un rat*, très très grand ou très très petit ? Très très gras ou très très sec ?

Batifol secoua la tête.

– Non, il était très très petit ! Et très très sec ! Il portait un costume **gris clair**... Je dirais plutôt **rayé noir** ! Il avait une chemise très voyante... Je crois qu'elle était **jaune**... Deux initiales étaient brodées sur sa cravate... Oui, *B.B. !* C'était un rongeur au luxe tapageur, qui portait plein de bijoux : des boutons en **OR** sur sa veste et une bague avec un diamant gros comme une noisette ! Ces chaussures aussi étaient TRÈS BRILLANTES… À propos, ce gars ne cessait de grignoter des chocolats ! Quand il est parti, j'ai dû ramasser une montagne d'emBALLAges De cHocolAt vides !

Farfouin était perplexe.

– Sauf un détail. Notre *friponoufle** est gros et gras ! Alors que ce rongeur est petit et sec… De toute façon, comment pouvons-nous le retrouver ?

– J'ai remarqué qu'il SE DIRIGEAIT vers le port dans une voiture tape-à-l'œil, toute dorée. Nous sortîmes du magasin en courant.

* Friponoufle : *filou.*

Waouh, c'est bien notre B.B. !

Nous montâmes sur la **Bananamoto** (la moto de Farfouin) et nous nous dirigeâmes vers le port. Nous tournâmes en rond pendant des heures et des heures, mais, enfin, notre patience fut **récompensée** : nous découvrîmes une *limousine dorée* longue comme un autobus... Impossible de se tromper !

Elle était tout en or massif, même les roues !

Comme elle brillait sous le soleil !

Farfouin mit ses lunettes de soleil en marmonnant :

– Ça brille un peu trop ! On risque d'attraper une conjonctivite !

Le chauffeur, un rongeur **HAUT** comme une porte, **LARGE** comme une armoire et menaçant comme un ***BOULEDOGUE***, descendit et laissa la portière ouverte.

Avant même que j'aie eu le temps de l'arrêter, Farfouin s'exclama :

– J'ai une *'tite idée géniale*… Je vais inspecter la voiture !

Je criai :

– Stop !

Mais il s'était déjà engouffré à l'intérieur en chicotant :

– Je donne seulement un *'tit* coup d'œil, et je reviens !

Je le suivis en soupirant. À l'intérieur, la voiture était encore plus EXTRAORDINAIRE qu'à l'extérieur.

Le volant était en or massif et les initiales B.B. y étaient gravées !

Derrière le siège avant se trouvait un petit salon avec un tapis en forme de B, des fauteuils jaunes rembourrés et de moelleux coussins de soie noire : les initiales B.B. y étaient également brodées !

Farfouin découvrit un panneau plein de boutons et s'écria :

– À quoi ces *'tits* boutons peuvent-ils bien servir ?

Je criai :

– Stop !

Mais il avait déjà appuyé sur l'un d'eux : une armoire s'ouvrit avec un bourdonnement... Elle contenait un téléviseur à écran géant et une chaîne stéréo digne d'une DISCOTHÈQUE !

Puis Farfouin appuya sur un autre bouton... et une BAIGNOIRE DORÉE en forme de B apparut, avec hydro-massage et robinets en or massif !

Il appuya sur un autre bouton et un **lit** en forme de B se déplia, avec des draps de soie jaune !

Avec un autre bouton, il ouvrit une armoire en forme de B contenant de luxueux vêtements, des cravates et des chapeaux !

Enfin, il posa la patte sur un dernier bouton et un réfrigérateur en forme de B s'ouvrit : il était plein à craquer !

La limousine...

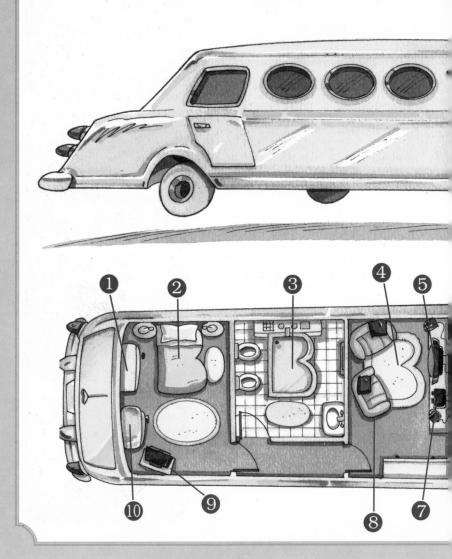

de B.B.

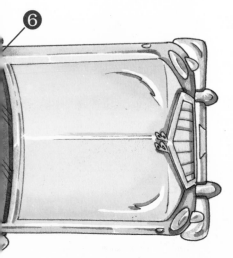

⑥

Farfouin se mit à fouiller dans le réfrigérateur.

– Waouh, des chocolats au triple fromage... De la mousse de fromage millésimée... Pas de doute, c'est notre **B.B.** !

C'est alors que je m'aperçus que quelqu'un *ARRIVAIT*.

Je reconnus aussitôt le gars, *ou plutôt le rat,* d'après la description de Batifol.

C'était lui, c'était... **B.B.** !

Il ouvrit la portière et entra, tandis que nous nous cachions derrière lui.

Il se mit à *téléphoner* avec un portable doré :

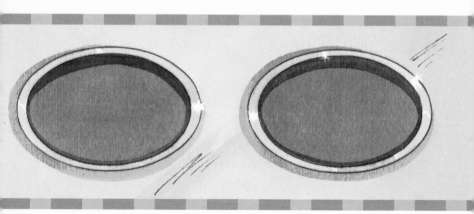

– Allô ? C'est moi… J'ai de bonnes nouvelles pour toi, NÉMO !

Lorsque j'entendis ce nom, un *frisson* parcourut mon dos. Vous souvenez-vous de Némo ? C'est ce rat d'*égout* perfide qui, depuis toujours, veut conquérir Sourisia et toute l'île des Souris !

J'étais très intéressé par ce coup de téléphone, mais, hélas, la *voiture* s'arrêta et **B.B.** descendit, suivi par le chauffeur.

Nous descendîmes aussi et nous aperçûmes que nous nous trouvions… juste devant le *Grand Hôtel de Sourisia* !

B.B., C'EST-À-DIRE…
BUZZO BONZER !

Le rongeur entra dans le Grand Hôtel comme s'il en était le maître. C'est alors seulement que je pus l'observer attentivement… Il portait un costume **rayé noir** avec des boutons dorés, une chemise de soie à rayures BLANCHES et JAUNES et une cravate très voyante avec les initiales **B.B.** Au doigt, il avait une chevalière avec un diamant gros comme une noisette. Ses chaussures orange brillaient comme s'il les avait cirées avec du beurre.

Il portait des **LUNETTES NOIRES** et un chapeau à large bord. Ses moustaches étaient luisantes de brillantine. Un nuage de PARFUM très vulgaire flottait autour de lui.

Il se cura les dents avec un CURE-DENT
d'ivoire et dit à Ratonce :

– Alors ? Vous n'êtes toujours pas décidé à
vendre ?

Je fis un pas en avant.

– Mon nom est Stilton, *Geronimo Stilton*. Je n'ai
pas le plaisir de vous connaître, monsieur, mais il
y a quelque chose que je voudrais vous dire : tout
n'a pas de prix, tout ne peut pas s'acheter.
L'amour, l'amitié, la liberté, la paix... Les
meilleures choses de la vie n'ont pas de prix et ne

peuvent pas s'acheter !
Et... notez-le bien :
parmi toutes les choses
qui ne peuvent pas
s'acheter il y a les
institutions de l'île des
Souris : par exemple
le Grand Hôtel de
Sourisia !

Il s'approcha de moi avec la démarche d'un caïd jusqu'à ce que nos moustaches se frôlent. Nous nous fixâmes, **MUSEAU CONTRE MUSEAU**, et il souffla :

– Je sais qui tu es, tu es le directeur de *l'Écho du rongeur* ! Combien veux-tu pour ton journal ? Je te l'achète, comme ça, tu ne seras plus dans mes **PATTES** !

Je le regardai fièrement dans les yeux.

– Monsieur, parmi les choses qui ne peuvent pas s'acheter, il y a aussi *l'Écho du rongeur* !

Il siffla :

– Bah, **minable directeur** d'un **journal torchon** ! J'achète ce qui me plaît… et tu me le paieras ! Parole de *Buzzo Bonzer* !

Puis il partit.

C'est alors qu'Osvald arriva en courant, *pâle comme un camembert*.

– Le fantôme… arrive… Fuyez… AU SECOUUUUUUUURS !

TRAQUENARD...
POUR FANTÔMES !

Le fantôme HURLA :

– *Aaalleeeeez-voooooouuuuuus-en ! Iiiiiciiiiii
c'eeest cheeeez moooiiii !*

Farfouin arracha le CASQUE du FANTÔME et
nous découvrîmes... mademoiselle Bineza !

C'est alors seulement que je me souvins de quelques
détails qui auraient dû me mettre la puce à l'oreille.

Uhm, Bineza ressemblait beaucoup à *Buzzo
Bonzer*... bien qu'elle soit grande et grosse, et
lui petit et sec... Elle avait les mêmes goûts tapa-
geurs que Buzzo Bonzer... Et elle portait aussi les
initiales B.B. !

C'est alors que je compris : mademoiselle Bineza
était... *Bizza Bonzer, la sœur de Buzzo
Bonzer* !

Bizza Bonzer

Qui est-ce : une rongeuse très très grande et très très grosse, toujours très élégante, à la mine rusée.

Que fait-elle : c'est une directrice très habile. Quelle est sa spécialité ? Tout… Il suffit de commander !

Son plan : elle s'est alliée (avec son frère Buzzo) avec le perfide Némo pour l'aider à conquérir l'île des Souris. En échange, elle veut devenir présidente de l'île des Souris.

Son secret : conquérir… le cœur de Némo.

Son rêve : devenir la rongeuse la plus puissante de Sourisia !

Son point faible : elle est très avide et, dès qu'il est question d'argent, elle peut commettre des erreurs énormes.

Buzzo Bonzer

Qui est-ce : un rongeur très très petit et très très sec, toujours très élégant, à la mine rusée.

Que fait-il : il se livre à des trafics louches sur le port de Sourisia.

Quelles sont les marchandises dont il fait le commerce : Un peu de tout… Il suffit que ça rapporte !

Son plan : il s'est allié avec le perfide Némo pour l'aider à conquérir l'île des Souris, en échange de tout l'or des banques de l'île.

Son secret : il est spécialisé dans les effets spéciaux.

Son rêve : devenir le rongeur le plus riche de Sourisia !

Son point faible : il est très gourmand et adore les chocolats au saint-nectaire !

JE SAVAIS QUE
JE NE POUVAIS PAS
AVOIR CONFIANCE...

Ratonce cria :
– **Bravo !** Vous
êtes des héros !
– Voici le véri-
table héros : Stil-
ton*itou* ! s'exclama
Farfouin, mais...

IL ME FOURRA UN DOIGT DANS L'ŒIL !
Je hurlai :

– *Aïeeeeeeeeeeeeeeee !*
Farfouin S'ÉCRIA :
– Oh oh oh, je t'ai fait mal à
ton *'tit* œil ? Excuse !
Il poussa la porte tournante
et... M'ÉCRASA LA QUEUE !

Je hurlai :

– *Aïeeeeeeeeeeeeeee !*

Farfouin m'apporta un **glaçon**, mais il le fit tomber et... JE DÉRAPAI DESSUS ! •••••••••

Je criai :

– *Aïeeeeeeeeeeeeeee !* Je me suis cassé une paaaaaaaaaaaaaaaaaaaatte !

Farfouin me palpa la patte d'un air *expert*.

– Tu ne t'es rien cassé du tout ! Tu as confiance en moi ?

J'allais répondre quand ARRIVA L'AMBULANCE et le médecin m'ausculta.

– Eh oui, vous vous êtes vraiment cassé une patte !

Je soupirai : – *Je savais que je ne pouvais pas avoir confiance...*

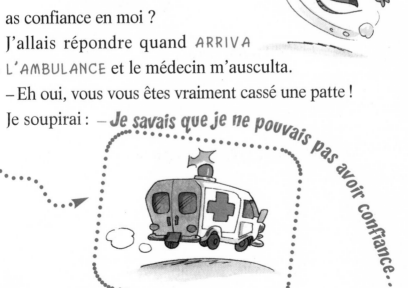

ATTENTION
AU PLÂÂÂTRE !

À l'**L'HÔPITAL**, on me plâtra la patte, puis je rentrai chez moi.

Le lendemain, **FARFOUIN** se présenta, la mine coupable.

– Stilton*itou*, tu es encore **vivant** ?

Il déposa sur la table un régime de bananes et une boîte de **CHOCOLATS** à la banane. Mais il dérapa… et se rattrapa à ma patte !

– *Aïïïïïïïïïe !* hurlai-je. Attention au plâââtre !

Il dit :

– **Excuseexcuseexcuse**, Stilton*itou*, je suis un *'tit* peu distrait !

Puis il allongea ma patte sur un tabouret et prit un stylo.

– Je vais te mettre une *'tite* signature !

Pendant qu'il se penchait pour signer, il **glissa** et son museau vint taper contre le plâtre.

– *Aïïïïïïïïe !* hurlai-je. Attention au plââââtre !

Il se releva.

– **Excuseexcuseexcuse**, Stilton*itou* !

Puis il ouvrit la boîte de chocolats et s'exclama, **satisFait** :

– *Miammaramiammiammiam !**

Tandis qu'il se goinfrait, il **RENVERSA** la table... qui vint frapper ma patte.

– *Aïïïïïïïïe !* hurlai-je. Attention au plââââtre !

*Miammaramiammiammiam : *j'ai faim !*

Farfouin se releva.

– **Excuseexcuseexcuse**, Stilton*itou* !

Je le raccompagnai à la porte en m'appuyant sur une béquille. C'est alors qu'entra ma sœur Téa…

À MOTO !

Elle ricana :

– Frérot, ça n'a pas été facile d'entrer chez toi à moto, mais que ne ferait-on pas pour toi… Tu es content ?

Une **ROUE** vint heurter ma patte.

– *Aïïïïïïïïie !* hurlai-je. Attention au plâââtre !

Je me rassis dans mon **fauteuil**.

C'est alors qu'entra mon cousin Traquenard, qui fit une **pichenette** au plâtre.

– Mais alors, tu t'es vraiment cassé la patte, tu ne fais pas semblant !

– *Aïïïïïïïïïe !* hurlai-je. Attention au plâââtre !

C'est alors qu'entra grand-père Honoré.

– Alors gamin, où est-ce que tu t'es cassé tes **osselets** ? Ici ou ici ?

– *Aïïïïïïïïïe !* hurlai-je. Attention au plâââtre !

C'est alors qu'entra mon amie Ténébreuse avec **CHOVSOUKRI**, sa chauve-souris de compagnie, qui se posa sur ma patte.

– *Aïïïïïïie !* hurlai-je. Attention au plâââtre !

C'est alors qu'entra Chacal, qui hurla :

– Je vais m'occuper de te remettre en forme, je vais te faire faire de la gymnastique JOUR et **NUIT** et...

Il commença à faire des pompes sur un seul bras, mais il glissa et me cogna la patte.

– *Aïïïïïïie !* hurlai-je. Attention au plâââtre !

C'est alors qu'entra en dansant Pinky Pick, ma collaboratrice éditoriale, portant une radio qui hurlait à plein VOLUME.

– Cheeef, tu n'as pas envie de danser ?

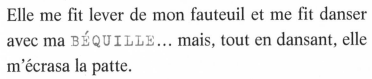

Elle me fit lever de mon fauteuil et me fit danser avec ma BÉQUILLE... mais, tout en dansant, elle m'écrasa la patte.

– *Aïïïïïïïïe !* hurlai-je. Attention au plâââtre !

Épuisé, je me laissai *retomber* dans mon fauteuil.

C'est alors qu'entra mon petit neveu Benjamin, qui annonça :

– Arrêtez tous, laissez oncle Geronimo tranquille !

Je l'embrassai, ému.

– Merci, mon cher neveu, il n'y a que toi qui me comprennes !

DEVINE QUI EST…
L'INVITÉ D'HONNEUR ?

C'est alors qu'entra **Ratonce Ratonis**.

– Cher Geronimo, maintenant que nous avons démasqué le fantôme, pour fêter cela, le Grand Hôtel invite tout Sourisia, ce soir, à un Grand Bal Masqué ! Et devine qui sera l'Invité d'Honneur ?

Je répondis :

– Je ne sais pas…

Il s'écria :

– Geronimo Stilton ! Qui d'autre cela pouvait-il être ?

Je balbutiai :

– M-mais je ne peux pas y aller, j'ai la patte dans le plâtre…

Farfouin s'écria :
– J'ai une **'tite idée géniale** ! Tu iras au bal déguisé en momie égyptienne !

Mon grand-père Honoré hurla :
– Tu as raison, Farfouin ! C'est une **grande idée géniale** !

Je soupirai :
– C'est une *idée beaucoup trop géniale* à mon goût…

Farfouin me banda de la tête aux pattes… comme une **MOMIE** !

Ainsi, je fus obligé de me rendre au **Grand Bal masqué**.

Toute la ville était réunie dans les splendides salons décorés du *Grand Hôtel*…

Pendant que tout le monde dansait la romantique *Valse du Camembert*, je m'approchai de la grande fenêtre.

La lune brillait dans le ciel, éclairant les toits de la douce Sourisia.

J'AIME LES TRADITIONS !

Je reconnaissais toutes ces silhouettes **familières** : voici la GARE, plus loin le THÉÂTRE, la BIBLIOTHÈQUE et le MUSÉE D'HISTOIRE NATURELLE, mais aussi le MARCHÉ AUX FROMAGES et la PLACE DE LA PIERRE-QUI-CHANTE et *l'Écho du rongeur*, tandis que là-bas, au fond, c'est l'AÉROPORT...

OH, COMME J'AIMAIS MA VILLE !

Et comme je me sentais lié par un invisible mais indescriptible fil d'amour à *tous tous tous* les rongeurs qui y habitaient !

Cette aventure m'avait rappelé qu'il y a des choses qu'on ne peut **PAS** acheter.

L'une de ces choses est le *Grand Hôtel de Sourisia...* une institution que chaque rongeur porte dans son cœur !

TABLE DES MATIÈRES

Geronimo Stilton

DANS LA MÊME COLLECTION

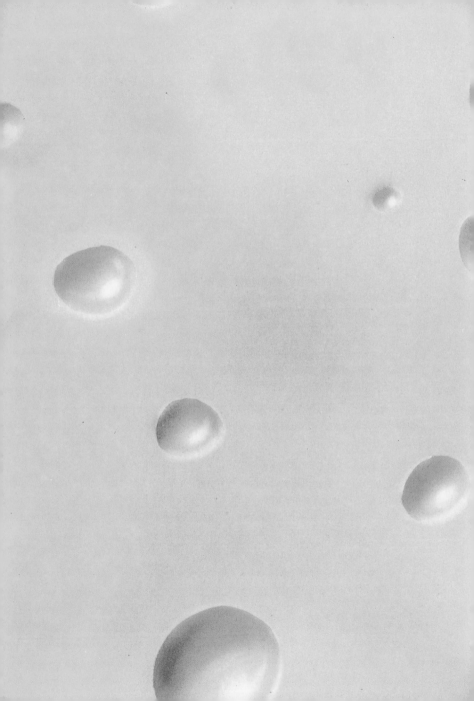

L'ÉCHO DU RONGEUR

1. Entrée
2. Imprimerie (où l'on imprime les livres et le journal)
3. Administration
4. Rédaction (où travaillent les rédacteurs, les maquettistes et les illustrateurs)
5. Bureau de Geronimo Stilton
6. Piste d'atterrissage pour hélicoptère

Sourisia, la ville des Souris

1. Zone industrielle de Sourisia
2. Usine de fromages
3. Aéroport
4. Télévision et radio
5. Marché aux fromages
6. Marché aux poissons
7. Hôtel de ville
8. Château de Snobinailles
9. Sept collines de Sourisia
10. Gare
11. Centre commercial
12. Cinéma
13. Gymnase
14. Salle de concerts
15. Place de la Pierre-qui-Chante
16. Théâtre Tortillon
17. Grand Hôtel
18. Hôpital
19. Jardin botanique
20. Bazar des Puces-qui-boitent
21. Parking
22. Musée d'Art moderne
23. Université et bibliothèque
24. La Gazette du rat
25. L'Écho du rongeur
26. Maison de Traquenard
27. Quartier de la mode
28. Restaurant du Fromage d'or
29. Centre pour la Protection de la mer et de l'environnement
30. Capitainerie du port
31. Stade
32. Terrain de golf
33. Piscine
34. Tennis
35. Parc d'attractions
36. Maison de Geronimo Stilton
37. Quartier des antiquaires
38. Librairie
39. Chantiers navals
40. Maison de Téa
41. Port
42. Phare
43. Statue de la Liberté

Vers le détroit du Rapt-à-Rat

Galion des chats pirates

Île Corsaire

Île Tortue

Ici passent les baleines

Atoll des îles Bienheureuses

Barrière de corail

Baie des Dauphins

Vers l'océan Ratonique méridional

Golfe de la Dent cariée

Archipel d'Égout pt

Port-Relen

Rade du Chat errant

Port-Beurk

Roquefort

Ici, requins !

Port-Souris

Vers la mer des Vibrisses vibrar

SOURISIA

Port-Croûton

Phare Pelliculeux

Île Épilée

Épave affleurant

Vers la mer des Sourgasses

ÎLE DES SOURIS

N

O

E

S

Île des Souris

1. Grand Lac de glace
2. Pic de la Fourrure gelée
3. Pic du Tienvoiladéglaçons
4. Pic du Chteracontpacequilfaifroid
5. Sourikistan
6. Transourisie
7. Pic du Vampire
8. Volcan Souricifer
9. Lac de Soufre
10. Col du Chat Las
11. Pic du Putois
12. Forêt-Obscure
13. Vallée des Vampires vaniteux
14. Pic du Frisson
15. Col de la Ligne d'Ombre

16. Castel Radin
17. Parc national pour la défense de la nature
18. Las Ratayas Marinas
19. Forêt des Fossiles
20. Lac Lac
21. Lac Lac Lac
22. Lac Laclaclac
23. Roc Beaufort
24. Château de Moustimiaou
25. Vallée des Séquoias géants
26. Fontaine de Fondue
27. Marais sulfureux
28. Geyser
29. Vallée des Rats
30. Vallée Radégoûtante
31. Marais des Moustiques
32. Castel Comté
33. Désert du Souhara
34. Oasis du Chameau crachoteur
35. Pointe Cabochon
36. Jungle-Noire
37. Rio Mosquito

Au revoir, chers amis rongeurs, et à bientôt
pour de nouvelles aventures.
Des aventures au poil, parole de Stilton, de...

Geronimo Stilton